Traduit de l'anglais par Marie Aubelle

Supplément réalisé avec la collaboration
de Dominique Boutel et Anne Panzani
Maquette de Françoise Pham

ISBN : 2-07-059538-2
Titre original : *The Christmas Mouse*
Publié pour la première fois par Anderson Press Ltd, 1996
© Toby Forward, 1996, pour le texte
© Ruth Brown, 1995, pour les illustrations
© Éditions Gallimard Jeunesse, 1996,
pour la traduction française et, 1998, pour le supplément
Numéro d'édition : 76447 – N°d'impression :
Loi n° 49-956 du 16 juillet 1949 sur les publications
destinées à la jeunesse
Dépôt légal : octobre 1998
Imprimé en Italie par La Editoriale Libraria

Le visiteur de Noël

TOBY FORWARD
ILLUSTRÉ PAR RUTH BROWN

GALLIMARD JEUNESSE

Pour toutes les souris de Noël – T. F.
Pour Bryony, Leonie et Helena – R. B.

Dehors, la bise sifflait, de petits glaçons pendaient des gouttières tandis que les branches des arbres, chargées de neige, se balançaient au vent.

Tim, qui s'était réfugié près de la plinthe, n'arrêtait pas d'éternuer. Il se frotta les pattes, tortilla ses moustaches et se demanda ce que Noël allait bien pouvoir lui apporter cette année.

Dans le coin d'une autre pièce se dressait un immense sapin qui embaumait de l'odeur des forêts. Des bûches crépitaient dans l'âtre et les rideaux jetaient des ombres de couleur sur les tapis.

Ben se frottait lui aussi les pattes et lissait ses moustaches, humant les bonnes choses qui se préparaient pour la fête.

Le soir de Noël, Tim rejoignit Ben derrière le mur, dans les galeries secrètes et sombres où les souris pouvaient filer sans que les chats puissent les attraper.

Ben traînait une grosse prune confite.

– Joyeux Noël, Ben ! lança Tim.

Il lui tendit alors une boîte, nouée par un ruban rouge.

– Noël, cela m'est bien égal. Peu m'importe quel jour on est, maugréa Ben.

– On dirait une belle prune, reprit Tim, les yeux brillants.

– Oui, c'en est une, répondit Ben.

Longeant les murs, Ben tira l'énorme fruit vers le fond de la galerie.
Tim considéra son cadeau d'un air triste puis il rentra chez lui et se glissa dans son lit.

– Moi aussi, cela m'est bien égal, soupira-t-il, en soufflant sa bougie.

– Noël, c'est un jour comme un autre, soupira également Ben, douillettement installé sous une épaisse couverture.

Tim s'était roulé en boule et dormait maintenant profondément, mais Ben ne cessait de se tourner et de se retourner.

– Tu ne peux pas dormir ? demanda tout à coup une petite voix.

– Qui va là ? gronda Ben.

– Ce n'est qu'un ami. Tu ne veux pas un peu de compagnie ? C'est bientôt Noël.

Ben aperçut alors une minuscule souris qui regardait d'un air interrogateur par le coin de sa fenêtre couverte de givre.

– Noël, pfft… ! Cela m'est bien égal, répondit Ben.

– Eh bien, endors-toi.

– Je n'y arrive pas.

– Alors tu pourrais aussi bien me parler puisque tu es réveillé.

– Bon, d'accord. Entre, dit Ben.

La petite souris poussa la fenêtre pour l'ouvrir et se glissa tant bien que mal à l'intérieur. Elle était maigre et tremblait de froid.

– Brr… Voilà qui est mieux, dit-elle en s'approchant de la cheminée.

– Attention ! s'exclama Ben. Tu empêches la chaleur de venir jusqu'à moi.

– Désolé, Ben.

– Comment connais-tu mon nom ? Et qui es-tu ? demanda-t-il.

– Jake, répondit la souris. C'est une belle prune, remarqua-t-elle, mais elle ignora son autre question.

– Elle est à moi, dit Ben. Pour Noël.

Il sauta aussitôt de son lit pour mettre la prune dans un placard dont il ferma la porte à clef.

– Je croyais que tu te moquais de Noël, dit Jake.

– Oui, mais c'est la seule fois où je peux

avoir des prunes confites. Et il n'y a rien de meilleur au monde qu'une prune confite.

– Rien ? demanda Jake.

– Absolument rien, répondit Ben avec fermeté.

– Je suis sûre que si, dit Jake.

– Impossible, coupa Ben.

– Écoute, fit Jake, je te parie que je peux trouver trois personnes qui préféreraient avoir autre chose qu'une prune confite.

– Ce soir ? demanda Ben.

– Oui.

– Et si je perds ?

– Tu me donnes la prune.

– Non, je préfère aller dormir, dit Ben.

– Mais tu ne peux pas dormir, insista Jake.

Ben se tourna vers son lit.

Les oreillers étaient déformés et les draps sens dessus dessous.

– D'accord, reconnut-il. Mais si je gagne ? Tu es pauvre, tu n'as rien à me donner.

– Alors, je t'aiderai à trouver le sommeil.

– Tu peux faire ça ! s'exclama Ben.

– Oh oui, répondit Jake.

Ben se dit qu'il en était bien capable.

– C'est entendu, répondit-il.

Ben enfila sa pelisse, prit sa prune confite et ils sortirent tous les deux.

Jake le mena en bas d'une ruelle, lui fit traverser une cour pavée puis descendre une volée de marches de pierre.

Là, sous une grande maison, dans une cave humide et sombre, on célébrait une fête de Noël.

Les petites souris étaient maigres et pauvres. Leurs vêtements étaient en lambeaux, comme ceux de Jake, et la table était recouverte d'un triste festin. Mais les petites souris gambadaient tout autour, elles dansaient et poussaient des cris de joie.

L'une d'elles, épuisée de s'être tant amusée, s'assit contre le mur.

– Voici ta première épreuve, dit Jake. Dis-lui que tu lui offriras la prune si elle quitte la fête et passe Noël toute seule dans son coin.

Ben s'avança. La petite souris regardait la prune avec envie.

– J'adorerais une prune confite, dit-elle.

– Elle est à toi, dit Ben.

– Je la partagerai avec les autres, dit la petite souris.

– Non, dit Jake. Tu dois quitter la fête et t'asseoir toute seule dans ton coin pour la manger.

– J'adorerais une prune confite, répéta la petite souris.

– Prends-la, dit Ben.

– Non, répondit-elle. Je resterai ici car je préfère être avec les autres, même sans prune.

Elle se sauva pour les rejoindre et entrer dans la ronde.

– Partons, dit Jake.

Ben la suivit, en jetant cependant un dernier coup d'œil par-dessus son épaule aux souriceaux et il se sentit envahi d'un sentiment étrange.

Jake conduisit Ben dans une vieille auberge. Les plafonds étaient bas, les poutres noires et un feu clair flambait dans la cheminée.

Une assemblée de souris portaient un toast en l'honneur de Noël.

Ben aurait bien aimé avoir un verre à lever et il grignota un morceau de sa prune.

– Attention, prévint Jake, il ne va plus rien rester.

Ben enveloppa la prune dans son écharpe pour s'empêcher de la grignoter.

Jake prit un verre et le leva à son tour.

– A Ben ! dit-elle.

Mais les souris reposèrent aussitôt le leur.

– Je ne boirai pas à sa santé, dit la souris la plus âgée.

Jake eut l'air triste et but seule son verre.

Ben avait les yeux remplis de larmes.

– Offre-lui la prune, dit Jake.

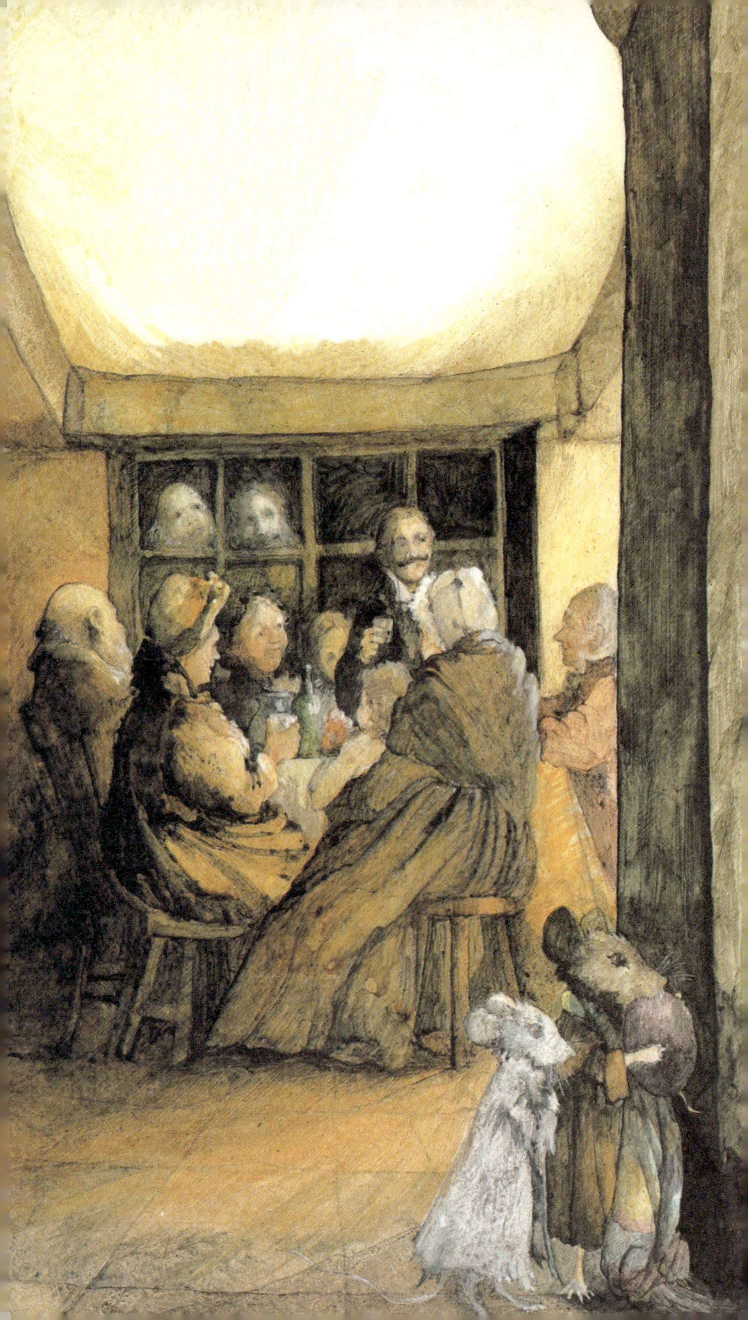

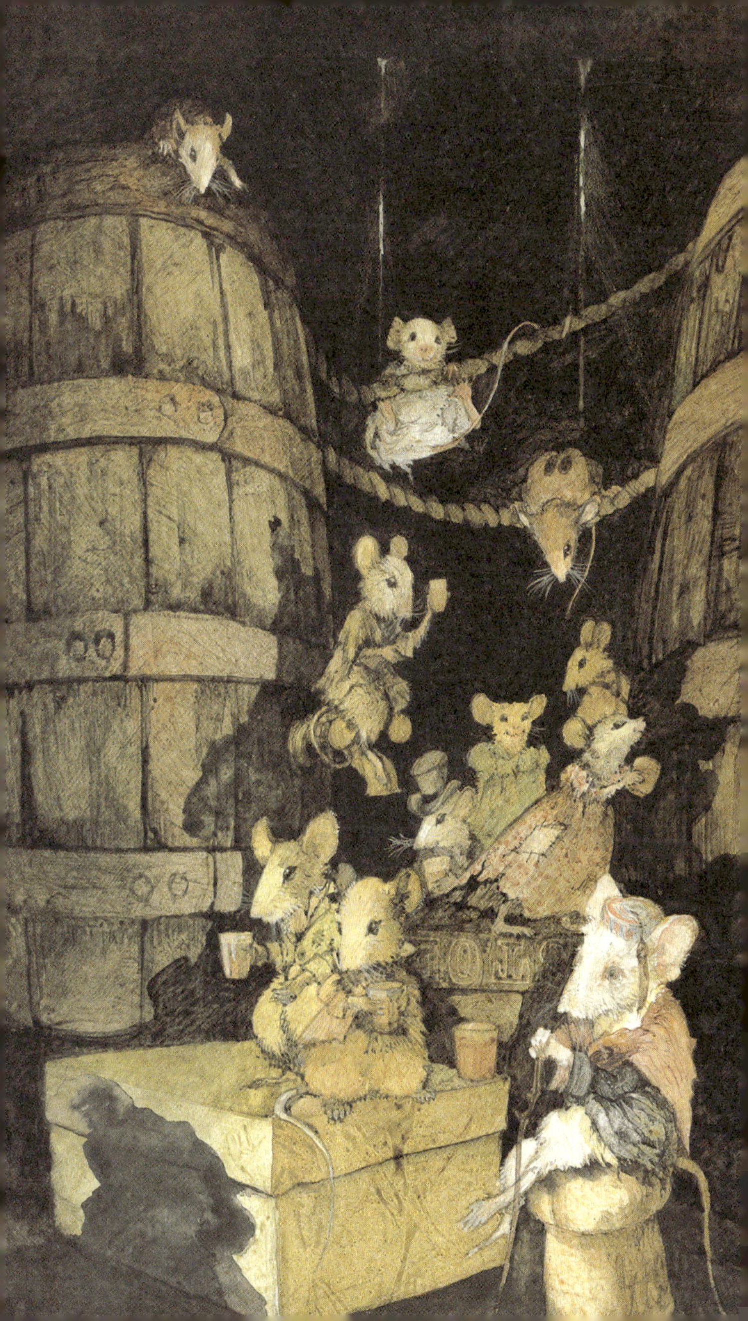

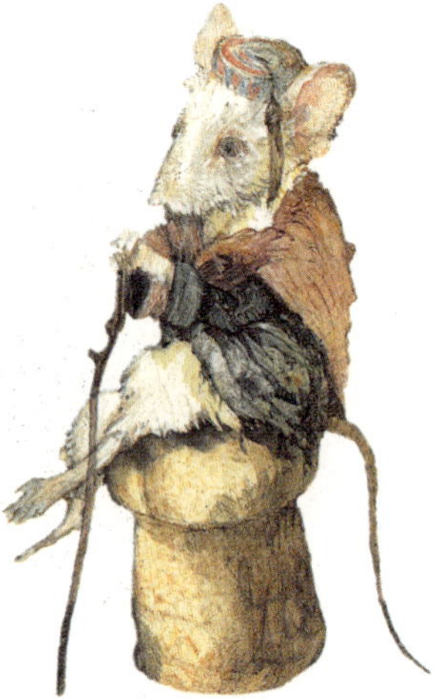

Ben se faufila vers la plus vieille souris.

– Aimes-tu les prunes confites ? lui chuchota-t-il à l'oreille.

– Je les adore.

– Si je te donne celle-la, boiras-tu un verre à ma santé ?

La vieille souris regarda longuement Ben de ses yeux embrumés, mais elle ne le reconnut pas.

– Non, répondit-elle. Cela gâcherait Noël de porter un toast à la santé de cette méchante souris.

– Partons, dit Jake en prenant gentiment le bras de Ben.

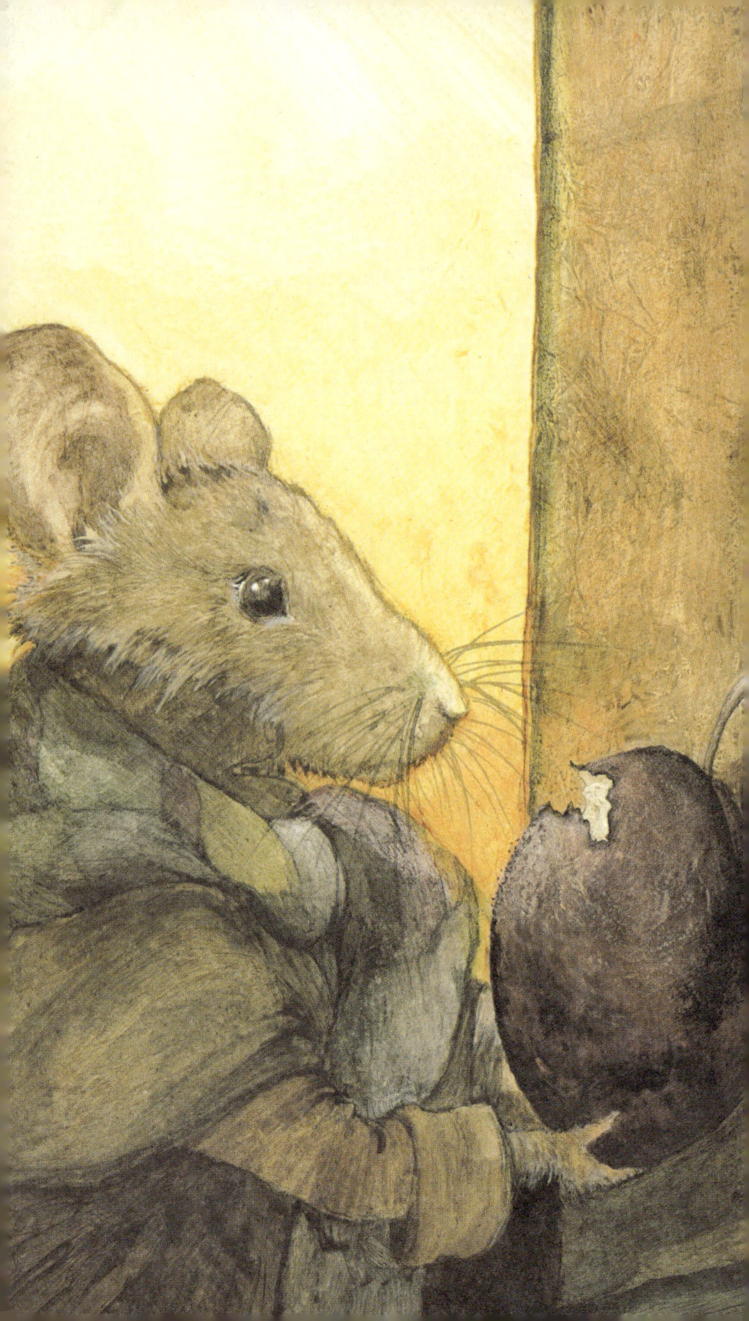

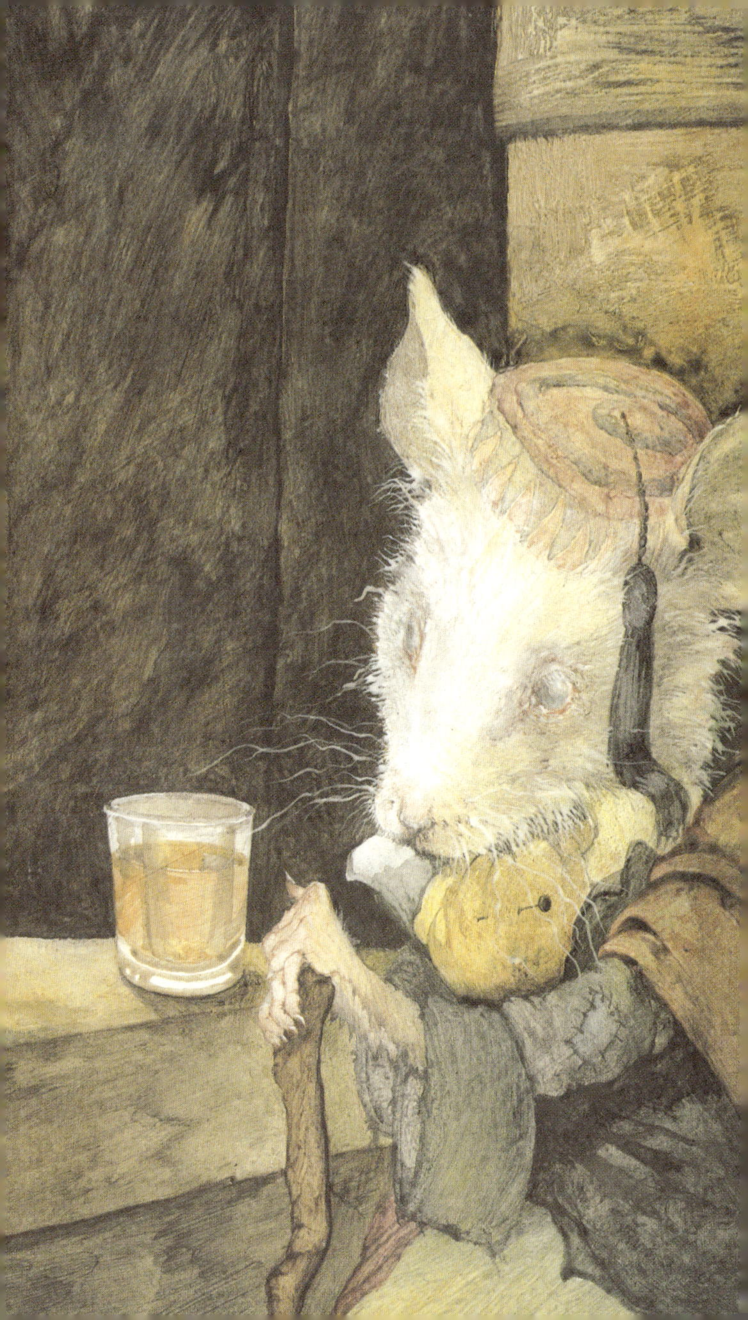

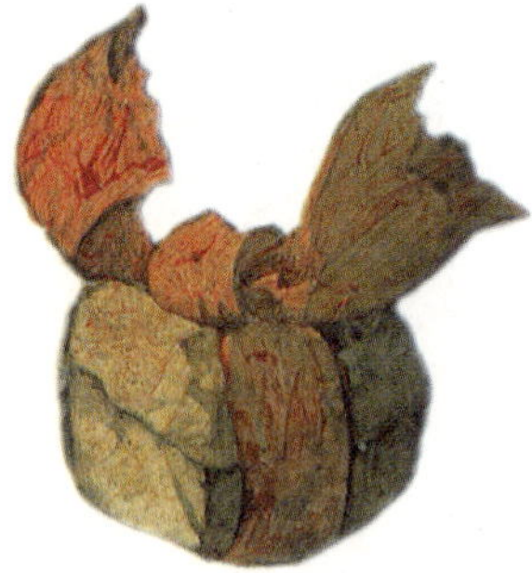

Ils traversèrent la cour pavée pour regagner la maison de Ben.

– Tu avais dit trois personnes, dit Ben qui serrait bien fort sa prune confite. J'ai gagné. Viens m'aider à m'endormir.

– Tu es donc fatigué ? demanda Jake.

– Je veux aller dormir, répondit Ben.

Ils traversèrent la grande pièce en courant.

Là, le feu sommeillait, encore bien chaud dans la cheminée.

Les branches du sapin se balançaient au-dessus de leur tête.

Les cadeaux de Noël avaient été déposés pour le matin.

Ben se lissa les moustaches d'un air d'envie, mais Jake l'entraîna derrière le mur, dans les galeries secrètes et sombres où les souris pouvaient filer sans que les chats puissent les attraper.

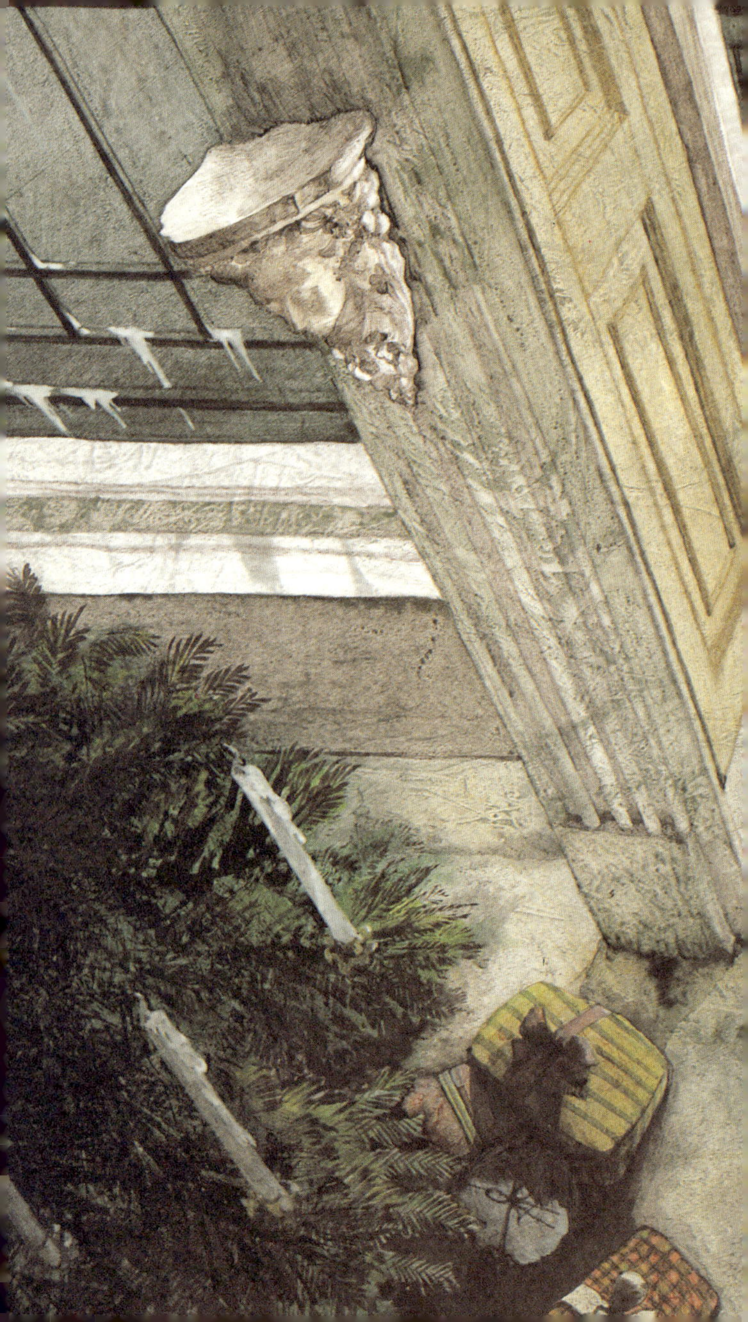

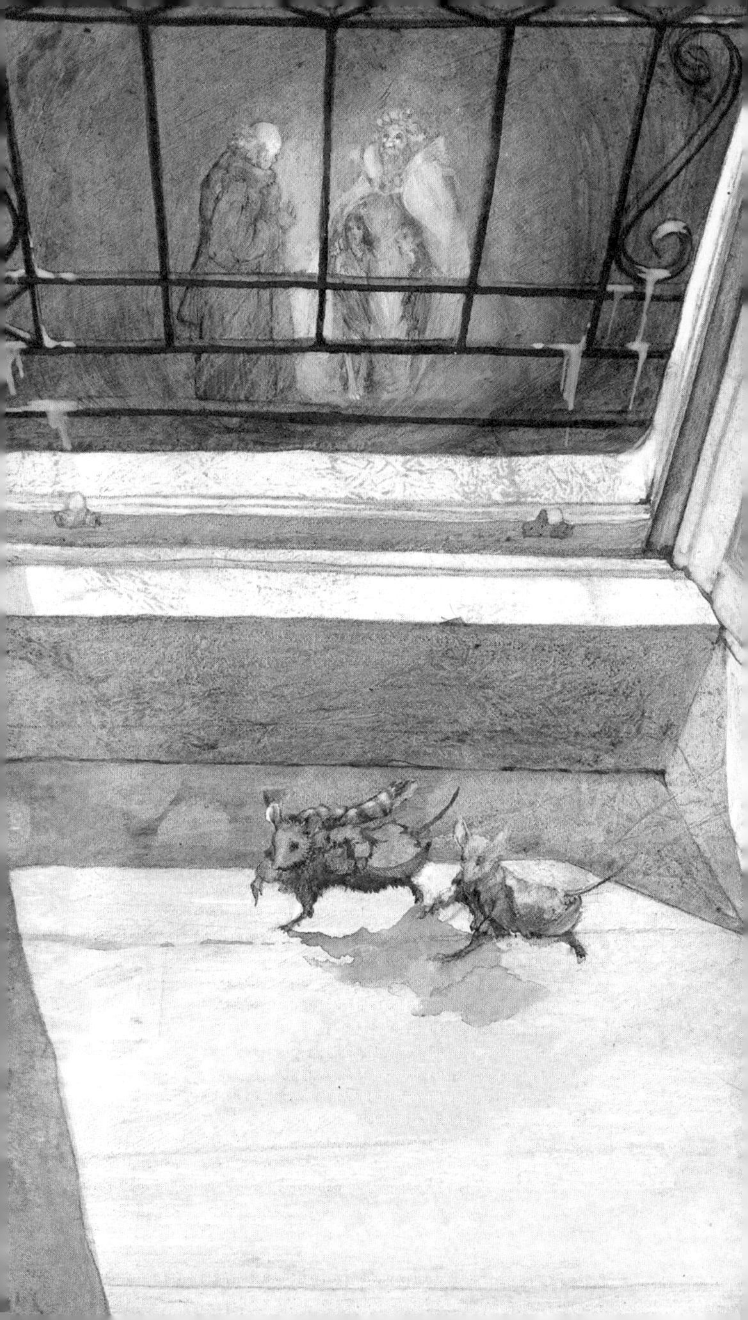

Jake l'emmenait chez Tim.

– Je ne suis jamais venu là, remarqua Ben.

Lorsqu'ils entrèrent, Tim était couché. Un petit paquet noué par un ruban rouge était posé par terre, au pied de son lit. La cheminée était froide et vide.

– Il est endormi ? demanda Ben. Tu vas le réveiller ?

– Non, répondit Jake, gravement.

– Il va bien ? Il a l'air gelé et il est si maigre, remarqua Ben en s'approchant du lit.

– Oui, dit Jake. Il est toujours comme ça.

– Il va bien ? reprit Ben.

Tim n'avait pas bougé.

Ben le secoua un peu.

– Ouvre le paquet, dit Jake. C'est pour toi.

– Mais Tim…

– Ouvre le paquet, insista Jake.

Ben le souleva et lut l'étiquette :
Pour Ben. Joyeux Noël. De la part de Tim.

Puis il dénoua le ruban rouge et ouvrit le paquet.

– C'est du raisin, dit-il.

Ben s'approcha de nouveau de Tim pour le secouer. Il arrêta soudain son geste et examina la chambre glaciale puis il baissa les yeux sur le visage endormi de Tim.

– C'est tout ce qu'il avait ? demanda-t-il.

– Rentrons, répondit seulement Jake. Je te laisserai dormir.

– Attends, je vais lui laisser la prune, dit Ben qui la déposa au pied du lit.

– Il n'en voudra pas, dit Jake. Tu te souviens ? J'avais dit trois personnes.

– Mais pourquoi ? demanda Ben. Pourquoi tout cela est-il arrivé ?

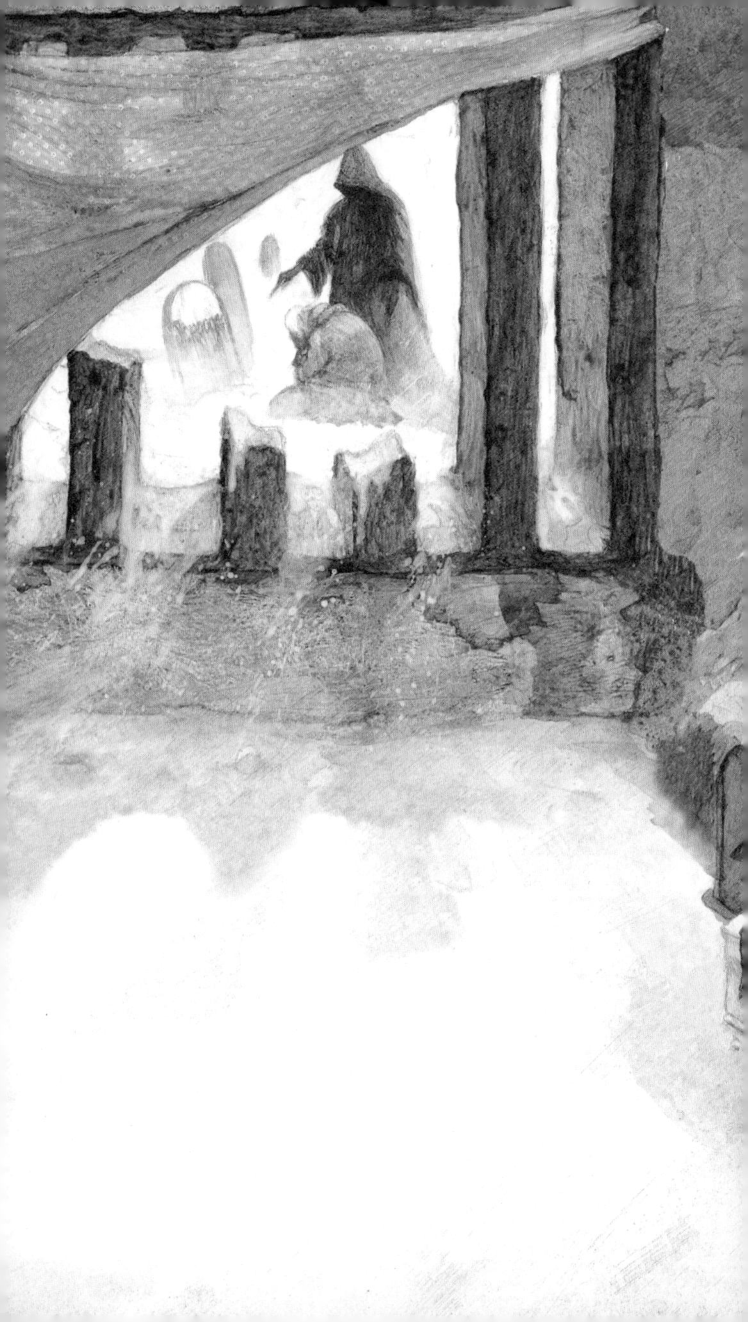

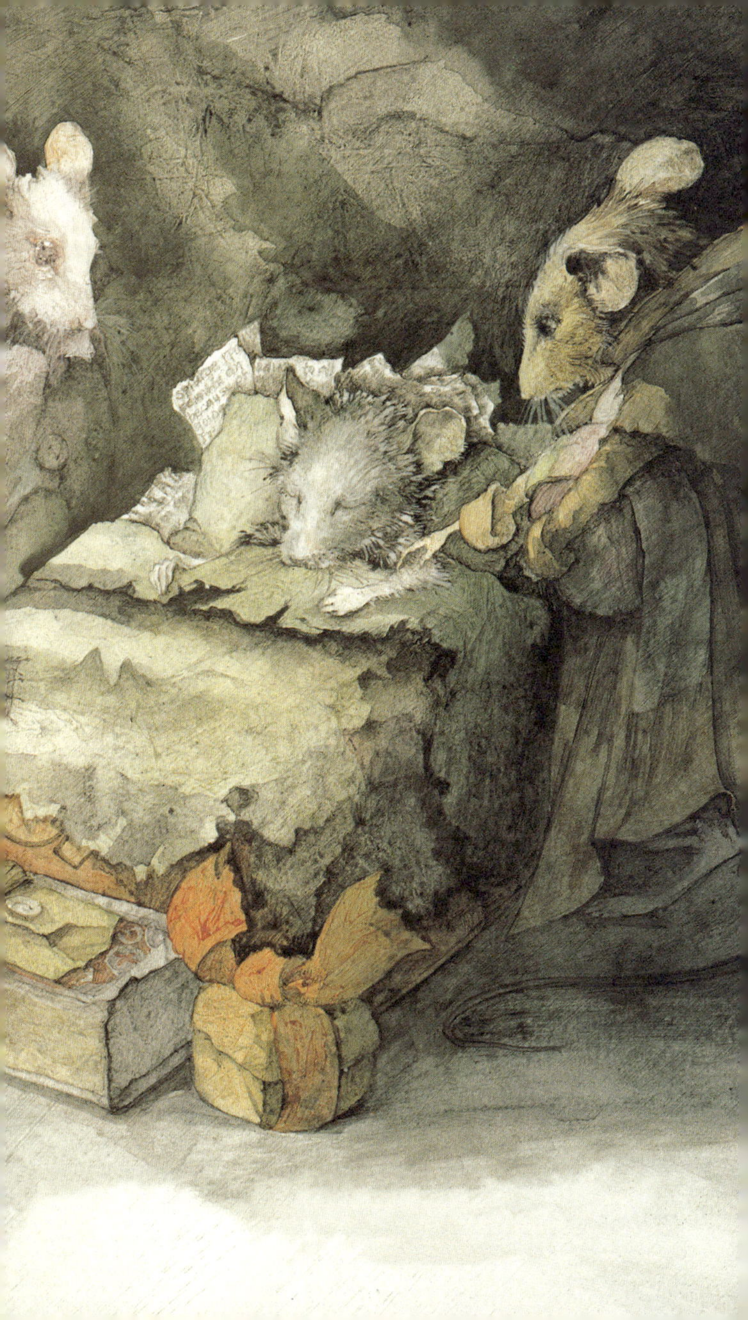

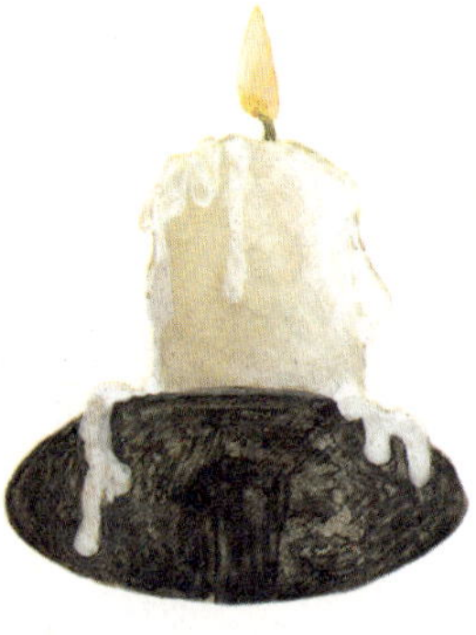

– Tu te souviens de la fête, dit Jake, et de la vieille souris de l'auberge ?

– Celle qui ne voulait pas boire à ma santé. Elle m'a appelé méchante souris. C'est de ma faute, alors ? demanda Ben en baissant les yeux sur Tim.

La chambre de Ben était chaude et douillette. Les braises rougeoyaient dans la cheminée. Les couvertures étaient repliées et les cadeaux de Noël étaient posés sous une petite branche. Ben se pelotonna dans son lit.

– Je ne pourrai pas dormir, dit-il. Vraiment, je n'y arriverai pas. Pauvre Tim. N'y a-t-il aucun moyen pour que nous l'aidions à se rétablir ? Est-ce qu'il est trop tard ?

Jake remonta les couvertures sous le menton de Ben qui ne tarda pas à s'endormir.

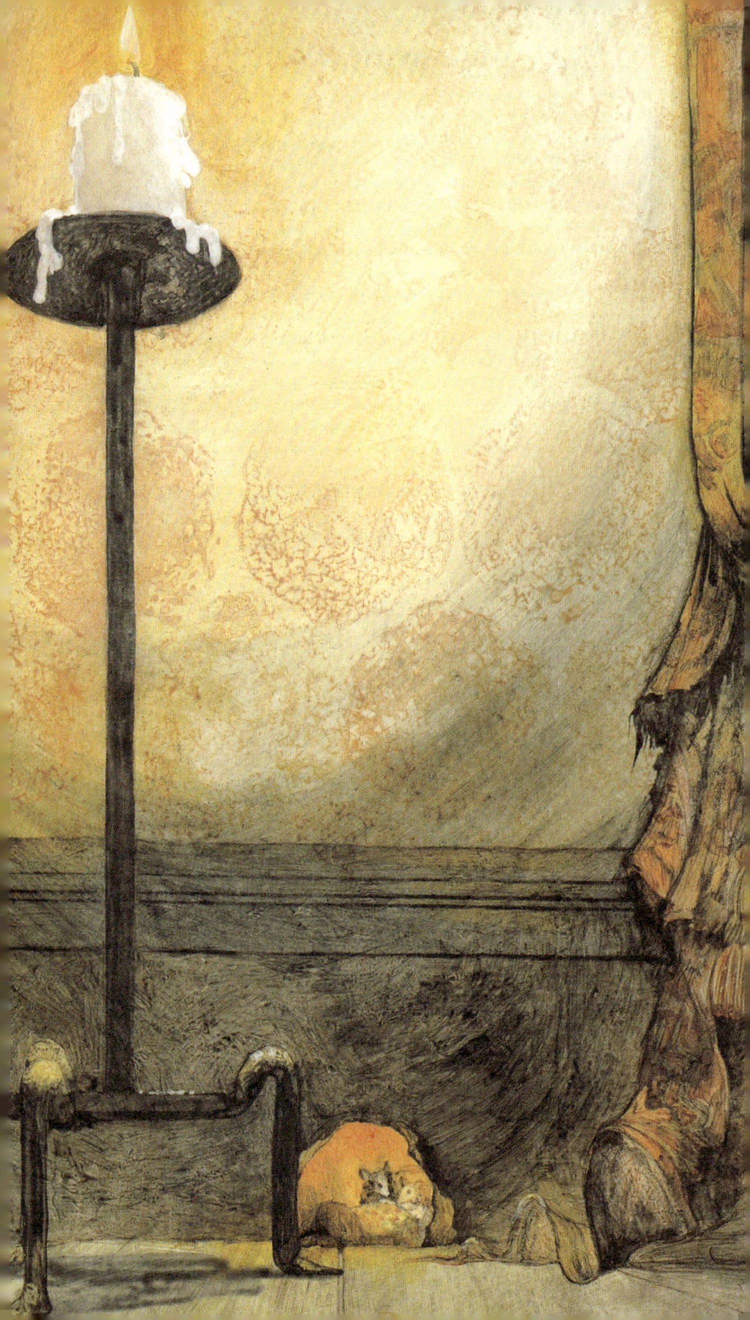

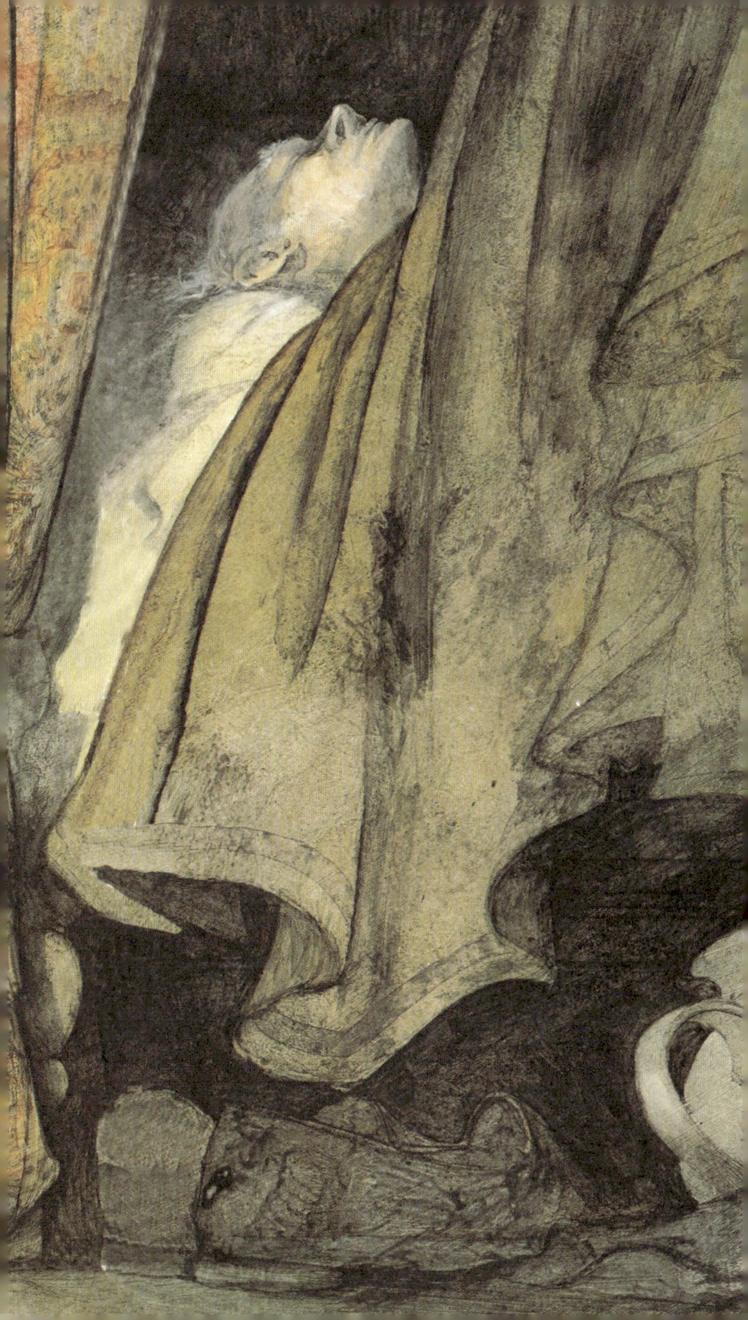

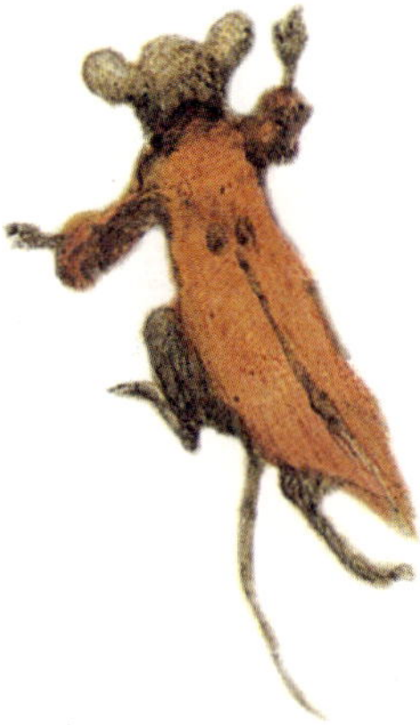

Le soleil brillait dans l'air gelé du petit matin et les glaçons qui pendaient chatoyaient comme des bijoux.

Les cloches se mirent à sonner.

Ben bondit de son lit et trébucha sur sa prune confite.

Il commença à jurer, à crier, puis il se tut en se rappelant son aventure.

Il prit la prune, descendit la galerie en courant et fit irruption dans la chambre de Tim qui était allongé tranquillement dans son lit.

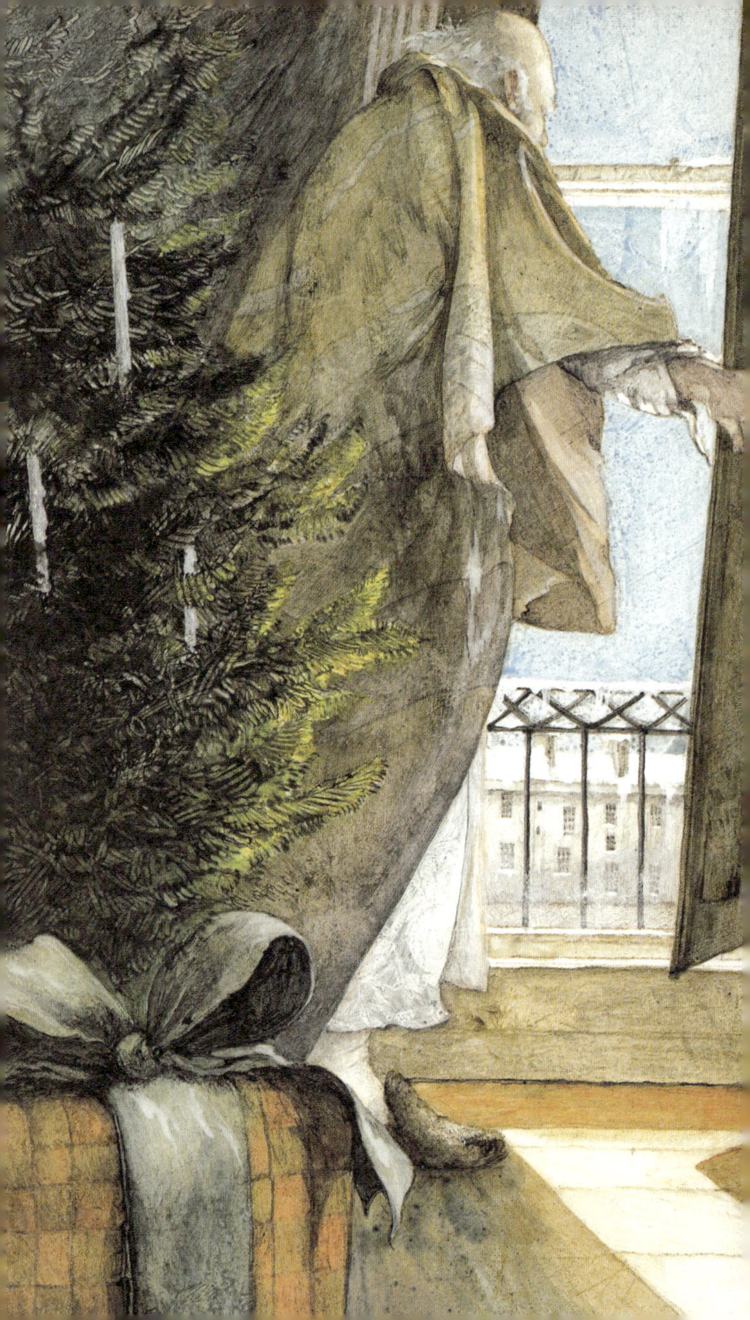

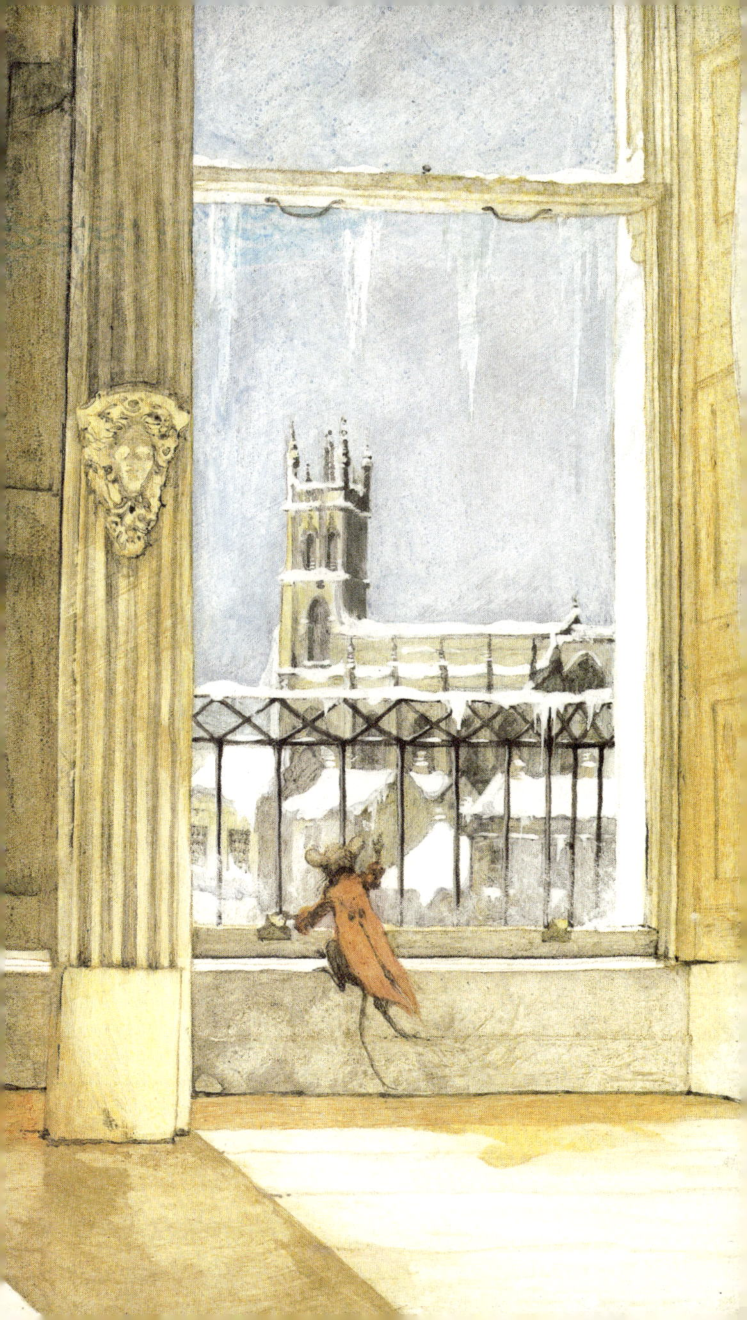

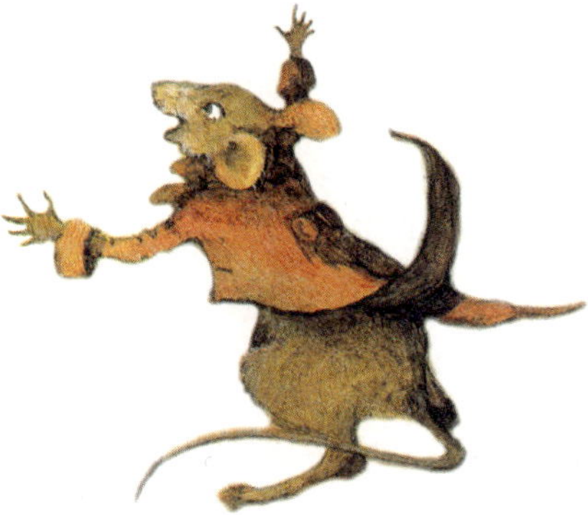

La pièce était toujours aussi glaciale.

La porte claqua et Tim ouvrit un œil, bâilla, s'étira.

– Joyeux Noël, Ben, dit-il.

Ben sautait de joie et, se précipitant vers la petite souris, il faillit la faire tomber de son lit.

– Joyeux Noël ! s'écria-t-il en lançant la prune à Tim.

– C'est pour moi ?

– Oui, et il y aura plus ! Beaucoup plus !

Tim donna le petit paquet à Ben.

– On dirait qu'il s'est défait tout seul cette nuit, dit-il. Je suis désolé.

– Je n'en veux pas, dit Ben, garde-le.

– C'est ton cadeau, dit Tim. S'il te plaît.

– C'est le meilleur raisin du monde, dit Ben, sans même regarder à l'intérieur du paquet. Merci. Allez, viens, maintenant.

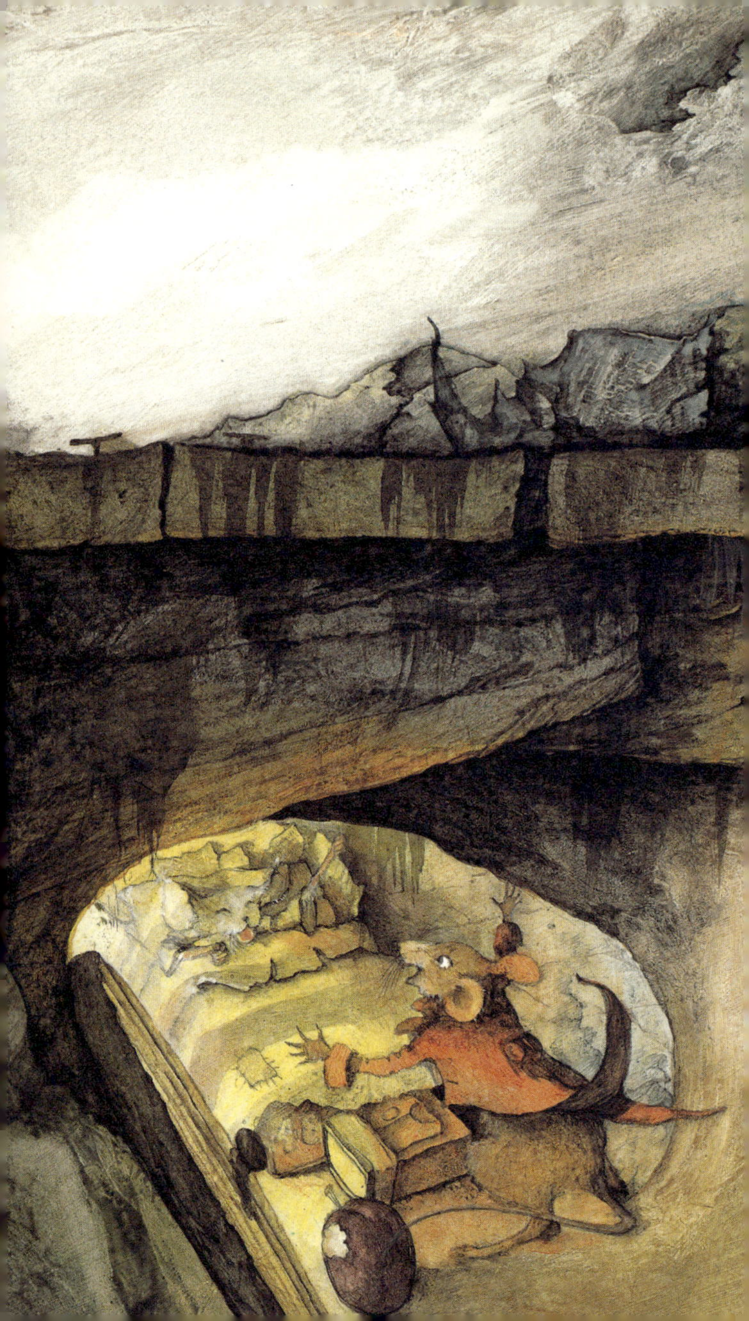

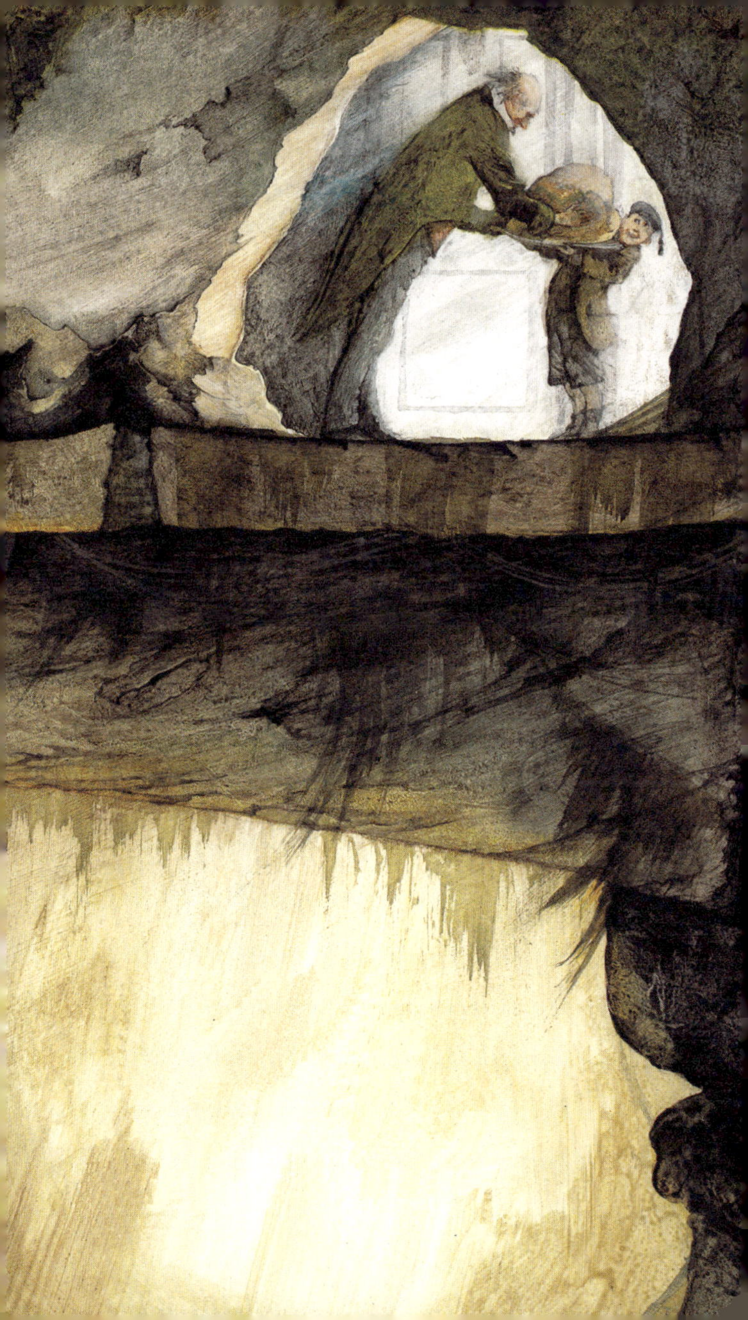

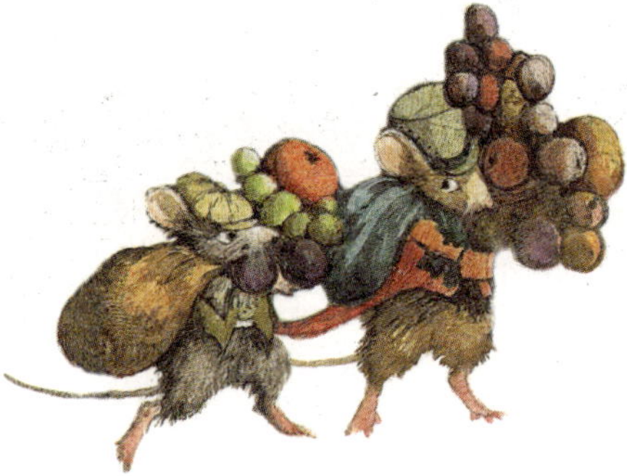

Il entraîna Tim vers le bas de la galerie.

Il lui fit descendre les marches et ils coururent à la fête.

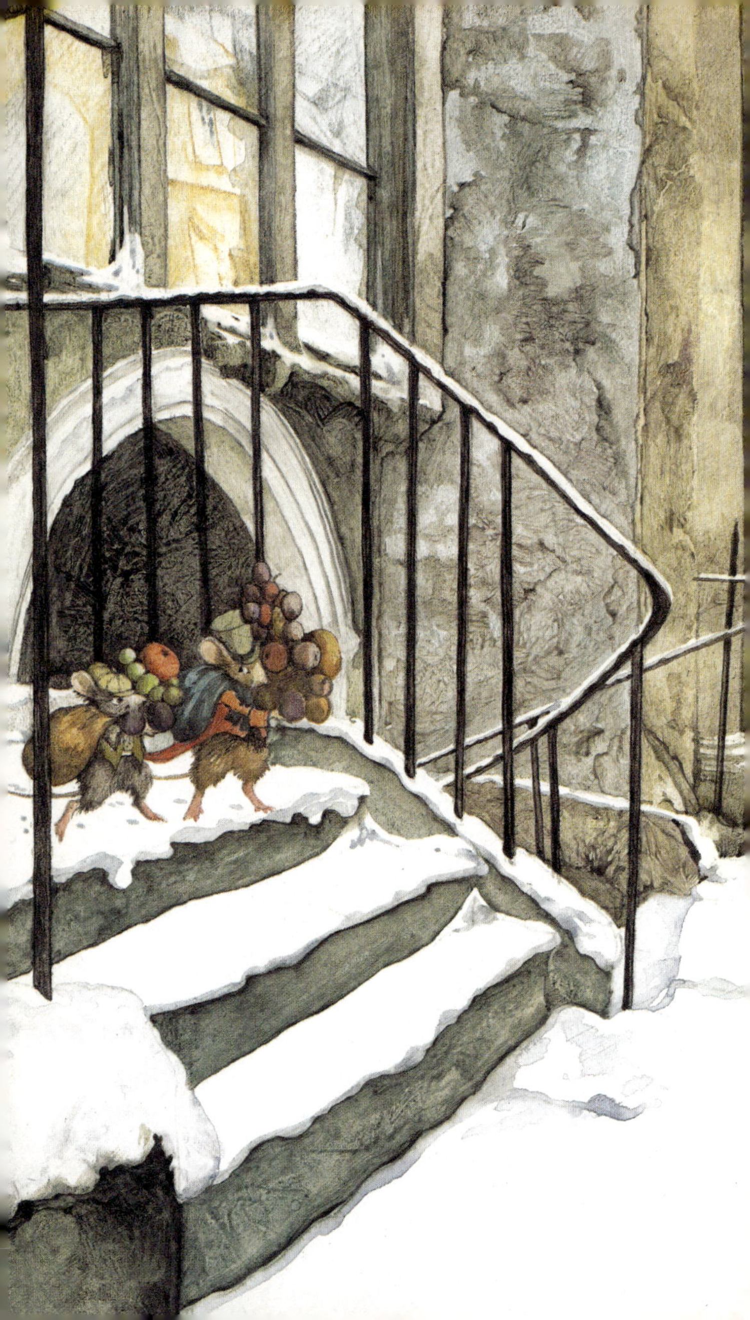

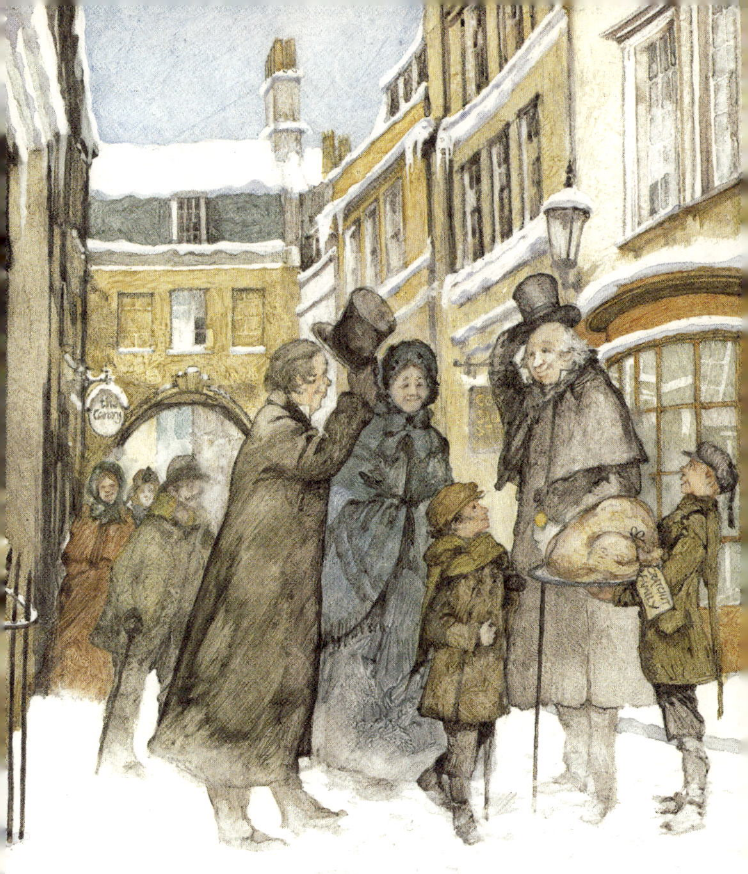

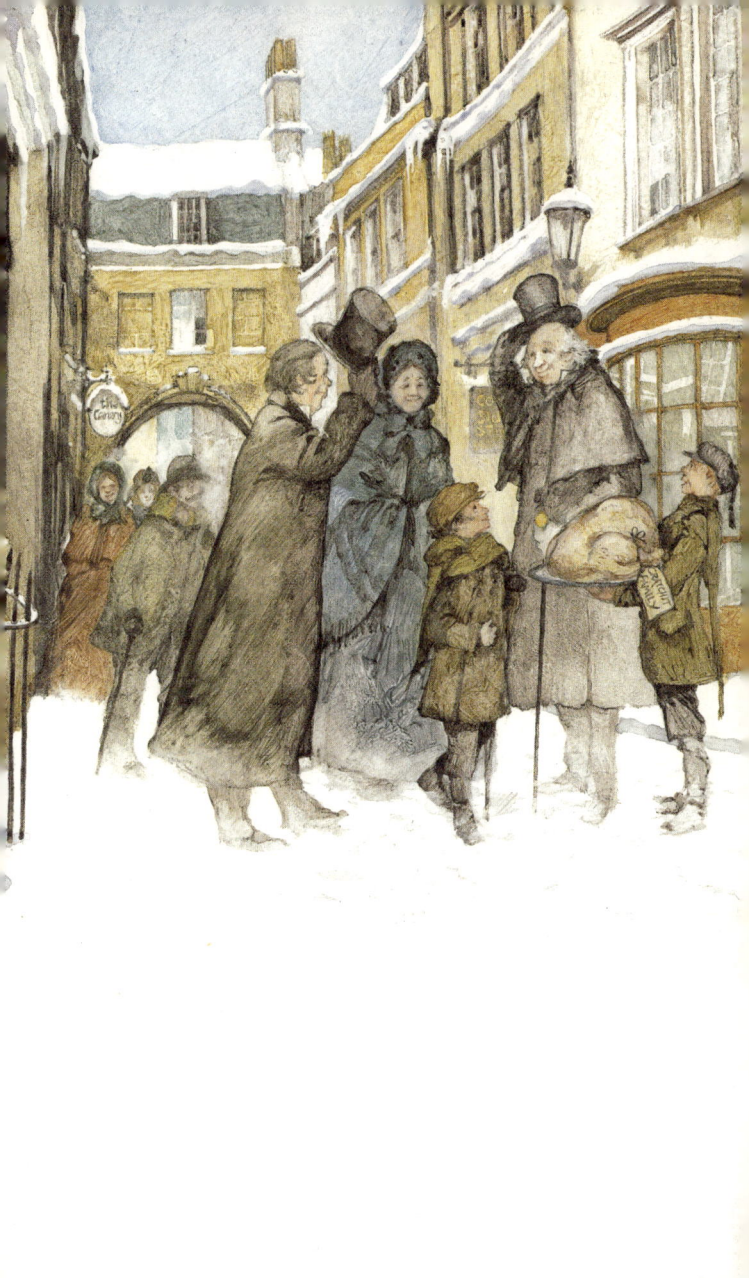

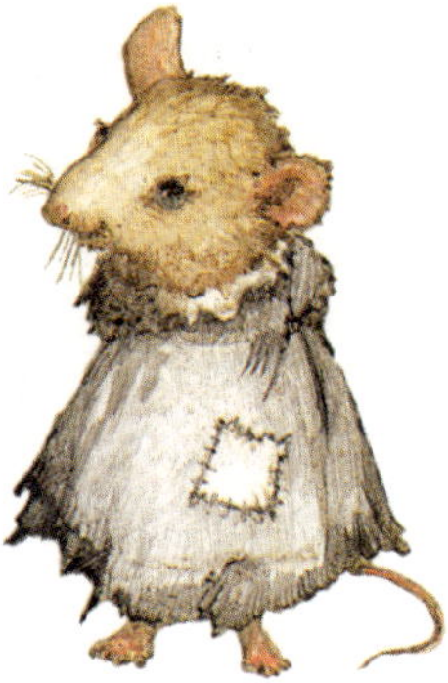

– Joyeux Noël ! cria Ben.

Les souris eurent l'air surpris et un peu effrayé en le voyant mais, lorsque Tim pointa son museau par-dessus son épaule, elles applaudirent.

– Joyeux Noël ! répondirent-elles.

Ben déposa ses offrandes sur la table et distribua ses cadeaux.

Il remua les tisons dans la cheminée et demanda aux souris de courir chez lui pour y remplir leurs seaux de charbon.

Lorsqu'elles revinrent, la pièce était chaude et accueillante, la danse enlevée et les rires bruyants.

Ben aperçut tout à coup la vieille souris de l'auberge et lui offrit un verre.

– Joyeux Noël ! dit-il.

– A Ben ! dit Tim.

– A Ben ! s'écrièrent en chœur toutes les souris.

La vieille souris hésita. Puis elle leva son verre.

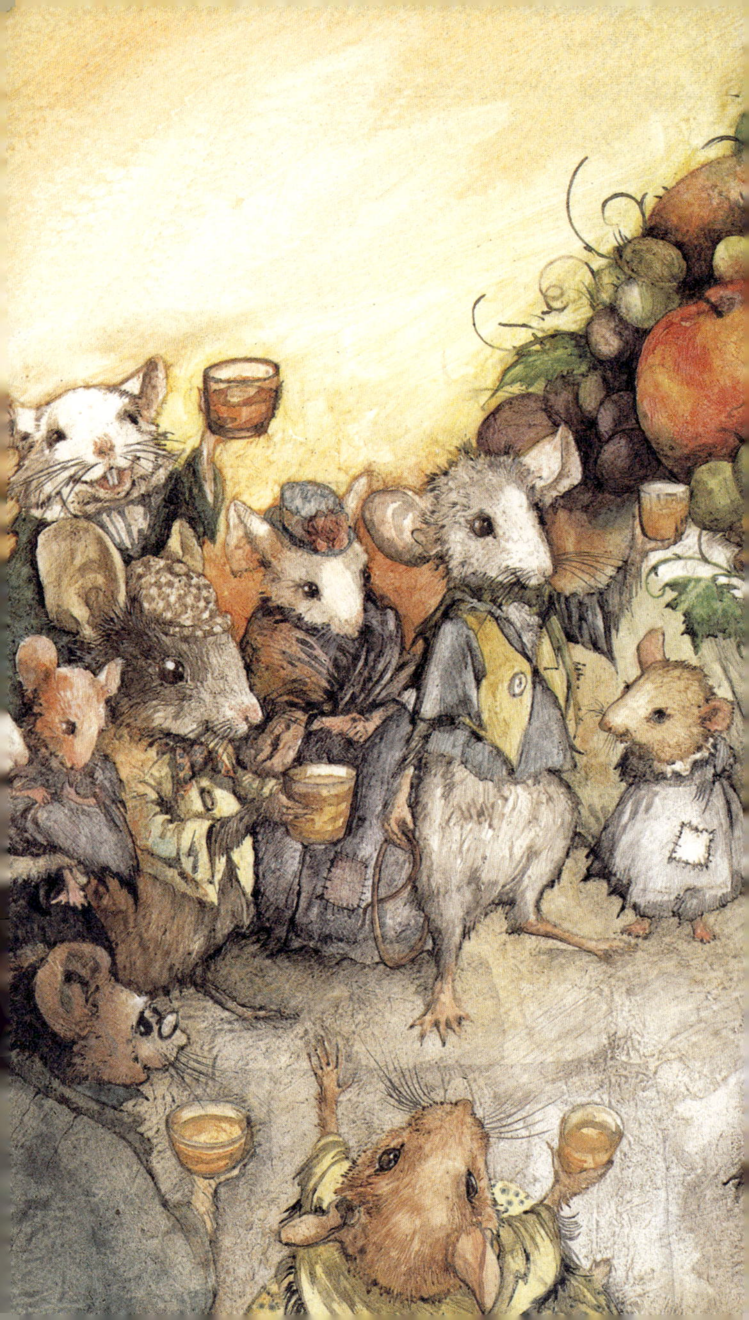

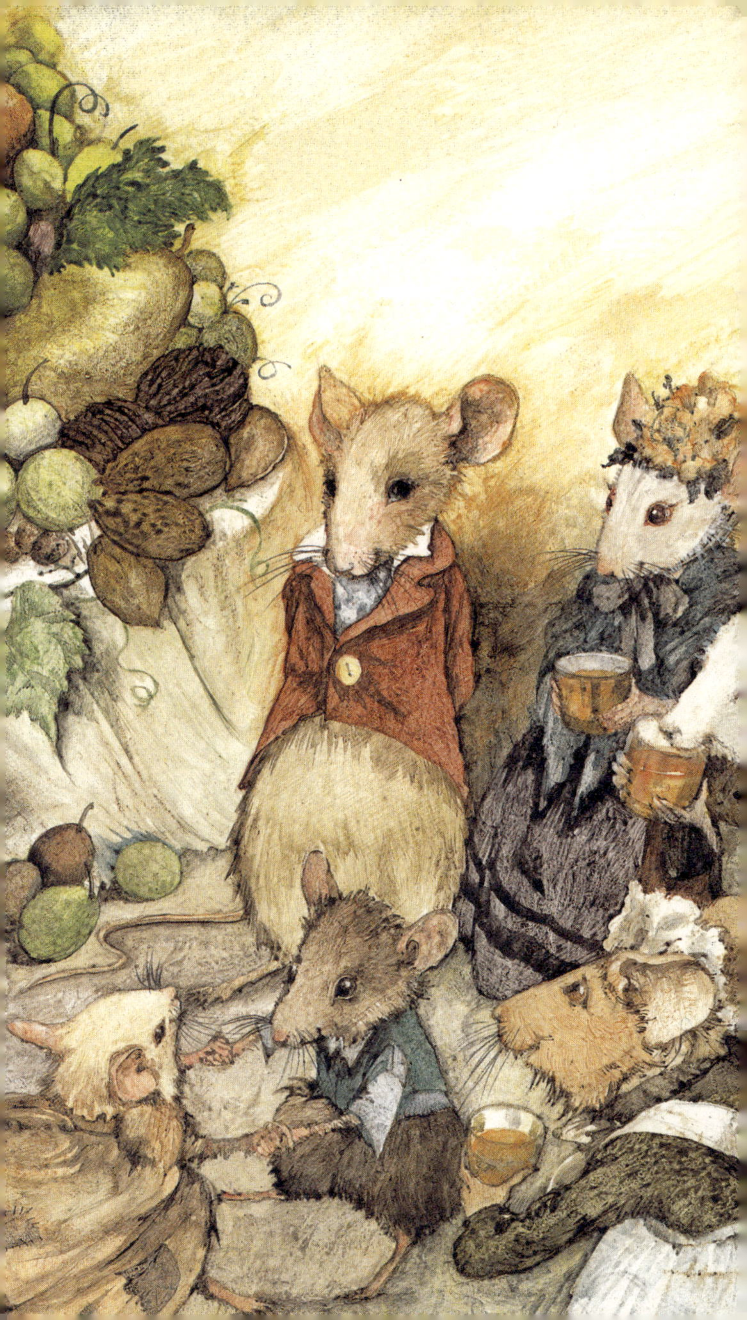

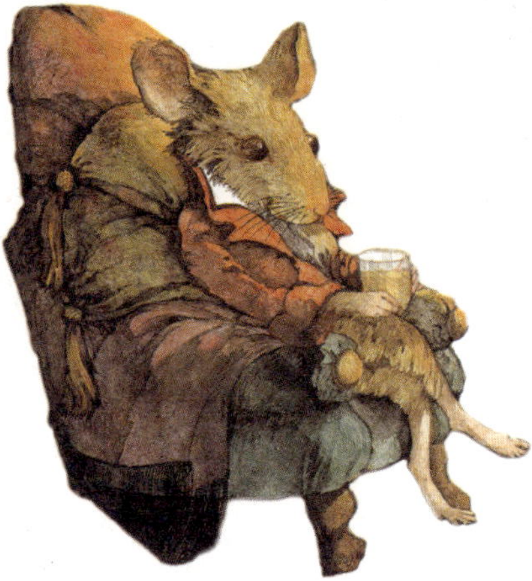

La fête s'achevait… Les plus jeunes s'étaient endormis et les plus âgés clignaient des yeux pour chasser le sommeil.

Ben et Tim rentrèrent chez eux, bras dessus bras dessous.

Ils longèrent les galeries secrètes et sombres où les souris pouvaient filer sans que les chats puissent les attraper.

– Joyeux Noël ! dit Tim et il se tourna du côté de sa maison.

– Ne viendrais-tu pas chez moi prendre un dernier verre et te réchauffer près du feu avant de rentrer ? avança timidement Ben.

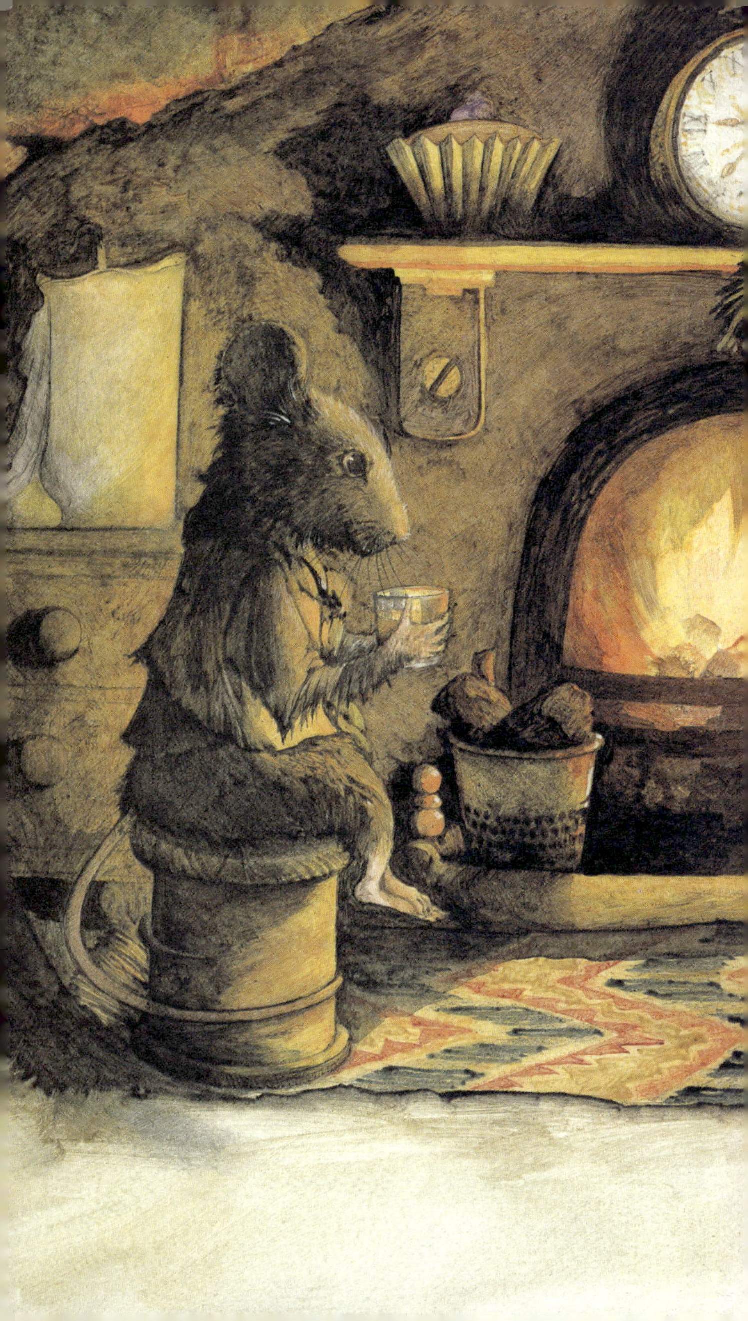

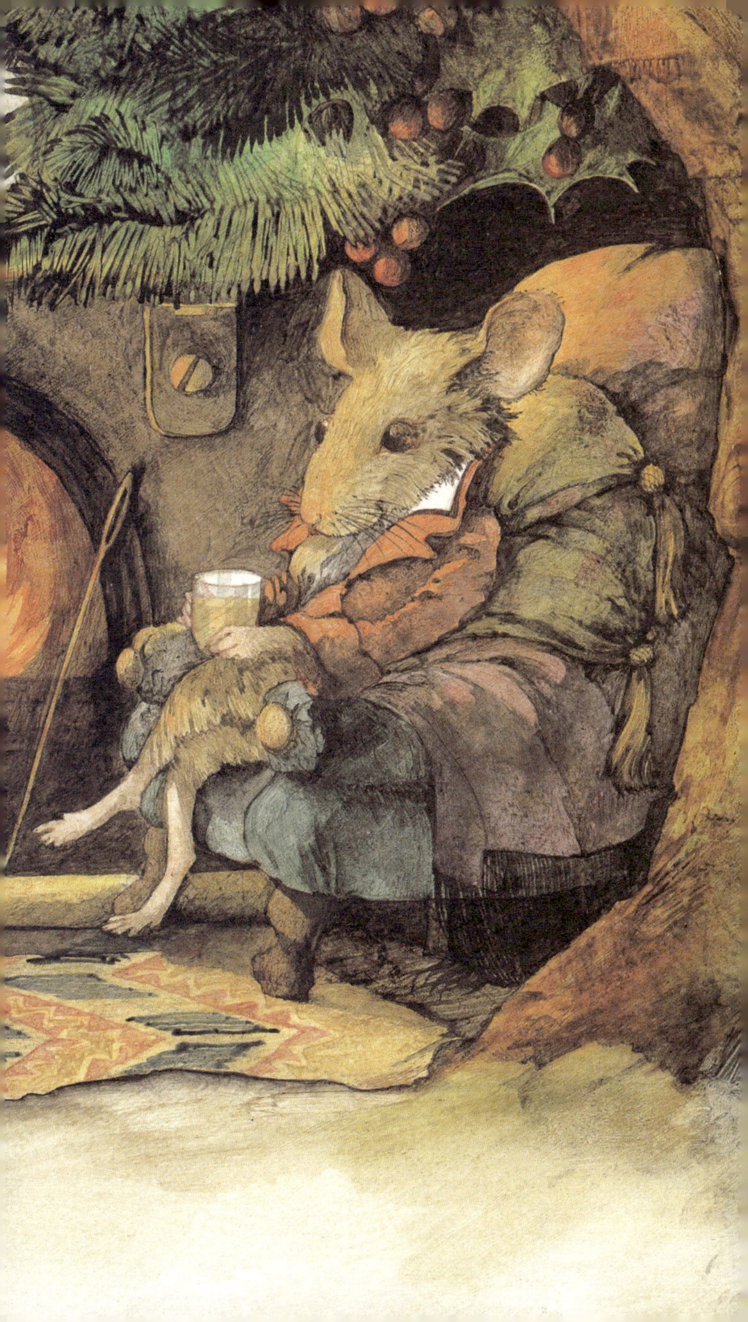

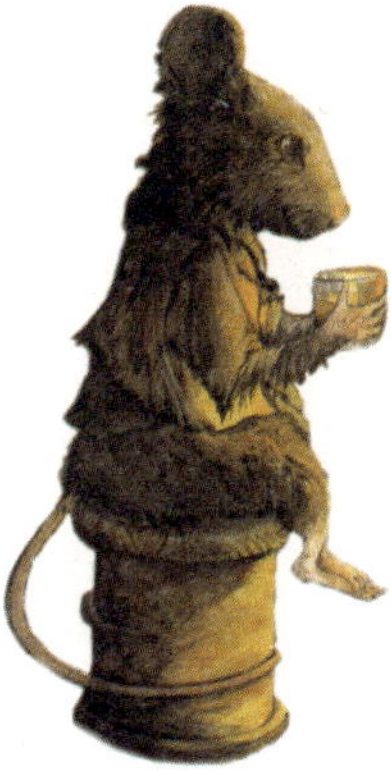

– Je ne suis jamais venu ici, dit Tim.

– Viendras-tu toujours me voir, maintenant ?

– Oh oui ! s'exclama Tim.

– Il n'est pas trop tard, n'est-ce pas ? demanda Ben.

– Il n'est jamais trop tard, répondit Tim.

L'auteur et l'illustrateur

Toby Forward est né en 1950 à Coventry, en Angleterre. Il a fait des études de théologie à Oxford. Il a également été professeur et aumônier d'université. Aujourd'hui il est pasteur et vit dans le Yorkshire avec sa femme et ses deux filles. Il est l'auteur de plusieurs livres pour la jeunesse depuis 1991.

On ne peut oublier, en admirant les illustrations de **Ruth Brown**, qu'elle a longtemps travaillé pour des émissions de télévision, en se consacrant à la réalisation de décors. Après avoir terminé ses études de dessin et de peinture au vénérable Royal College of Art de Londres, Ruth Brown s'est mariée, puis a eu deux fils. En 1980, son amie Pat Hutchins, auteur-illustrateur réputée, l'encourage à montrer un des projets d'album pour enfants à un éditeur qui lui propose d'emblée un contrat ! Elle est aujourd'hui auteur-illustrateur d'albums à temps plein. Elle travaille lentement, avec une grande concentration et un souci du détail : chaque illustration est pour elle comme un tableau. Gallimard Jeunesse a publié *Une histoire sombre, très sombre, J'ai descendu dans mon jardin* et *Pique-Nique* (Folio Benjamin).

Le visiteur de Noël

Supplément illustré

Test

Sais-tu partager avec les autres ? Pour le savoir, choisis pour chaque question la réponse qui te convient le mieux puis cours à la page des réponses pour lire les résultats.
(Réponses page 88)

1 **Tu as reçu une énorme boîte de tes bonbons préférés :**
■ tu l'emmènes en classe pour en faire profiter tes copains
▲ tu fais une généreuse distribution au sein de ta famille
● tu trouves une cachette où tu es sûr que personne ne t'en prendra

2 **L'un de tes amis vient passer le week-end chez toi :**
● tu veux bien jouer avec lui, mais pas lui prêter tes jouets préférés
▲ tu lui offres de dormir dans ton lit
■ tu regardes la télévision avec lui

3 **Pour ton goûter, tu as une tablette de chocolat et une tartine. Ton ami, lui, n'a rien :**
● tu vas manger ton goûter dans un coin pour ne pas lui faire envie

Test

▲ tu lui donnes ta tartine, c'est ce que tu aimes le moins
■ tu partages avec lui ton chocolat et ta tartine

4 **Ton voisin a oublié sa trousse et il risque de se faire gronder :**
■ tu as tout en double et tu lui prêtes de quoi travailler
▲ tu lui donnes ton meilleur stylo
● tu déniches un vieux crayon, ça suffira

5 **La maîtresse vous propose de faire des exposés sur un sujet que tu connais bien :**
■ tu choisis de travailler en groupe, ce que tu sais servira aux autres
● tu choisis de travailler seul, comme cela, tu auras sûrement la meilleure note
▲ tu choisis quelqu'un avec qui travailler qui en sait autant que toi

6 **Cette semaine, ton petit frère est malade:**
■ tu supprimes une de tes activités de la semaine pour passer un peu de temps avec lui
▲ tu passes le voir quelques instants avant de sortir
● tu n'as vraiment pas le temps de t'occuper de lui

Informations

■ Grands et généreux

Posséder, être riche ou admiré, cela pourrait rendre, comme dans le cas de Ben, très égoïste. Et pourtant l'histoire de certains grands personnages prouve que l'homme est capable de se dépasser, pour les autres.

■ Gandhi

Gandhi est né en 1869 en Inde, à l'époque sous la domination des Anglais. Une fois son diplôme de droit obtenu en Angleterre, il part travailler en Afrique du Sud, où il découvre le racisme contre les Indiens. De retour en Inde, il va mener toute sa vie un combat, qui le conduira plusieurs fois en prison, contre la domination anglaise, et le sort réservé aux parias qui, n'appartenant à aucune caste, sont des intouchables. Il sillonnera son pays, plaidant pour la non-violence et le retour aux traditions artisanales. Il verra l'indépendance de l'Inde en 1947, mais sera assassiné en 1948 par un fanatique religieux. Il est cependant resté dans toutes les mémoires comme l'apôtre de la Paix.

Informations

■ Marie Curie

Marie est née en Pologne en 1867. Elle fait ses études en France et devient la première femme diplômée de physique à la Sorbonne. Elle fait les découvertes sur la radioactivité qui lui valurent par deux fois le prix Nobel. Elle est aidée par son mari, Pierre Curie, puis par sa fille Irène, qui deviendra elle aussi prix Nobel. Elle fonde l'institut du radium à Paris, et pendant la Première Guerre mondiale, part sur le front soigner les blessés. Longtemps exposée à la radioactivité dont on ne connaissait pas les méfaits, elle meurt en 1934.

■ Mère Térésa

Née en 1910 en Albanie, Agnès découvre jeune sa vocation et part chez les sœurs en Irlande. En 1928, elle embarque pour l'Inde. Elle visite les quartiers les plus défavorisés et ne les quittera pas de toute sa vie. Elle fonde l'ordre des Missionnaires de la charité, qu'elle envoie servir dans le monde entier. Elle réussit à mobiliser les grands hommes politiques autour de sa cause et reçoit, en 1979 le prix Nobel de la Paix. Elle meurt en 1997.

Jeux

■ Connais-tu bien Noël ?

Les secrets de Noël sont cachés dans cette grille. Trouve les mots en t'aidant des définitions.

(Réponses page 88)

1. Le nom du soir de Noël
2. Il apparaît sur la fenêtre dès qu'il fait très froid
3. Au pied de l'arbre, elle est très jolie avec ses petits santons
4. Elle décore le sapin
5. De toutes les couleurs, elles décorent l'arbre de Noël ou les rues
6. C'est lui le héros de la fête

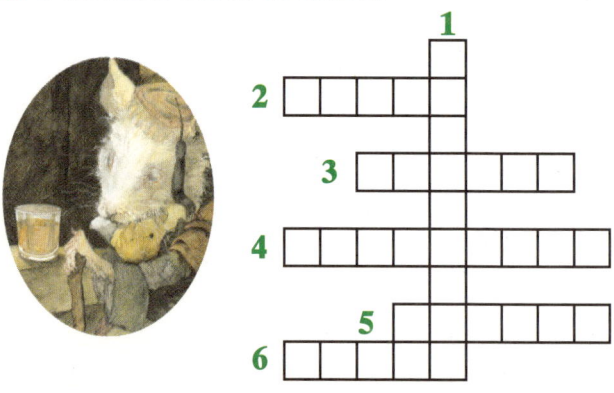

Jeux

■ Le sais-tu ?

A toi de tester tes connaissances. Choisis la définition qui te semble juste. *(Réponses page 88)*

1. L'âtre
 A. une odeur désagréable
 B. le foyer de la cheminée

2. Une plinthe
 A. bas du mur
 B. cri de celui qui est malheureux

3. Une pelisse
 A. chapeau en cuir très doux
 B. manteau en forme de cape

4. Un festin
 A. repas de fête
 B. gâteau spécial

5. Une volée de marches
 A. des marches pleines de trous
 B. une série de marches

6. Chatoyer
 A. marcher comme un chat
 B. briller

Quizz

En trouvant la bonne réponse à chacune de ces affirmations, tu découvriras un adjectif : c'est ce que Jake a appris à Ben à être.
(Réponses page 88)

---

1. Ben habite :
   A. dans un couloir glacé A
   B. dans une chambre douillette G

2. Pour gagner son pari, Jake doit :
   A. trouver trois personnes qui n'acceptent pas d'échanger leur bonheur contre la prune E
   B. convaincre Ben de lui donner sa prune confite V

3. La première petite souris refuse l'échange car :
   A. elle n'aime pas les prunes confites A
   B. elle préfère partager la fête avec les autres que de rester seule N

Quizz

4. La vieille souris de l'auberge refuse de trinquer à la santé de Ben :
    A. car Ben est trop égoïste E
    B. car elle ne l'a pas reconnu R

5. Dans son cadeau pour Ben, Tim a mis :
    A. tout ce qu'il possédait R
    B. une grappe de raisin qu'il ne voulait pas I

6. En voyant Tim endormi dans une chambre glaciale :
    A. Ben trouve qu'il a de la chance de pouvoir dormir C
    B. Ben comprend qu'il n'a pas bien agi avec son ami E

7. Le lendemain, les petites souris applaudissent l'arrivée de Ben :
    A. parce qu'il apporte des cadeaux E
    B. parce qu'il est en compagnie de Tim U

8. Il n'est jamais trop tard :
    A. pour réparer le mal que l'on a fait X
    B. pour bien dormir S

Réponses

pages 80 et 81

Compte les ■, les ▲ et les ● que tu as obtenus.
– Si tu as plus de ■, tu partages tout ce que tu as, sans compter, avec beaucoup de générosité. C'est vrai qu'en retour, tu as beaucoup d'amis, qui sont sensibles à ta gentillesse.
– Si tu as plus de ▲, tu sais partager, tout en sachant te préserver. En amitié, comme dans la vie, tu choisis qui tu veux en faire profiter. Tu n'as pas besoin de plaire mais tu as beaucoup d'affection à donner. Quel bel équilibre !
– Si tu as plus de ●, tu n'as pas encore découvert les joies du partage. Tu gardes tout pour toi aussi bien les choses que tes pensées ou tes envies. Fais davantage confiance aux autres, partage sans tout donner et tu verras, ta vie en deviendra bien plus gaie !

page 84

Connais-tu bien Noël ?
1. Réveillon - **2.** Givre - **3.** Crèche
4. Guirlande - **5.** Boules - **6.** Sapin

page 84

Le sais-tu ? *Le mot à trouver est :* GENEREUX

page 85

Les mots de l'histoire :
1. B - **2.** A - **3.** B - **4.** A - **5.** B - **6.** B